작은 풀꽃처럼 주저앉아

모아드림 기획시선 107

작은 풀꽃처럼 주저앉아

강창민 시집

모아드림

산은 밤새 어둠 속으로 사라졌다가,
새벽이면 아무 일도 없었다는 듯
어느새 멀쩡히 와 있었다.
더러는 아침이 되어도 오지 않고
그 빈자리에 구름만 가득 채워 놓을 때도 있었다.
비가 오면 앞산만 남겨두고,
때로는 번갈아가며 재빨리 어디론가 다녀왔다.
나는 아침마다 창을 열고,
집을 에워싸고 있는 산들을 둘러보고,
앞산에 올라가 구석구석 확인하기도 했다.
그러나 이제는 그러지 않는다.
산과 함께 나들이도 하고,
산과 함께 걷고 뛰기도 하고,
문득 고요 속에 머물기도 한다.
심심하면 산을 지우기도 하고, 그려 넣기도 한다.
그러다 보니 이제는 아침마다 산이 날 확인하고,
뜰에 나무를 보내 밤새 지키고 서 있다.
그러나 어디 그게 될 법이나 한 일인가?

해심공방에서
2007년 10월
강창민

차 례

제2부 작은 풀꽃처럼 주저앉아

제3부 종이꽃 사랑, 그대여

제4부 내 슬픔에는 이유가 없다?

제5부 낯선 청산의 꽃

제1부
시간의 강가에서

귀향

이제 돌아가리라.
저자도 산도 아닌
눈부신 빛의 마을.
저자의 밤에 빛나는 불빛도
산골에 감도는 애절한 사랑도
산꼭대기에서 펄럭이던 슬픔도
그립지 않는 곳.
그리움이 된 이들이 돌아가
그리움으로 태어나는 곳.
바람이 처음 불어와
천공을 맴돌다 에돌다 돌아가는 곳.
그곳으로 떠나려면 아아,
잡것들 내 옷깃 부여잡겠지.
내 이름 불러 불러
길모퉁이마다 소금 기둥 하나씩
세워 남기고
가야지, 그냥 두고 가야지.
그리움조차 제 이름 없는 곳

시간조차 슬픔의 잔 물살 하나
일으키지 않는 곳.
다 함께 빛이 되었다가
모든 시공 다 스러지는
빛의 고향.
그도 저도 나도 다 사라져
가득히 돌아오는 허공, 내 고향
나 이제 돌아가리라

텃밭에서

텃밭에 뿌린 씨앗들이
푸르스름한 프로펠러
새순을 내민다.
저 프로펠러를 돌려
뿌리째 뽑아 하늘로 날아갈까
아니리라.
아무도 보지 않을 적에
프로펠러를 돌려
밭을 단 채로
이 땅을 단 채로
날아가고 있으리라

그곳으로 가겠구나

길 떠나기

원효가 돌아선 것은
낯선 길의 두려움 때문이 아니리라.
간밤 달빛 한 모금
달게 마시고
이른 새벽 새 길과 만나
그리로 갔을 뿐.
그 길은
당나라로 이어지지 않고,
모든 길의 끝에 있는
모르는 것
선뜻 만나
그 길에 들어섰을 뿐.
그러리라, 그 길은
세상을 등지지 않고
허공 또는 고향을 향해
혼자 열려진
빛이었으리라.
그가 깨우친 것

길을 떠나면 길이 보이고
새벽의 두려움은
그저 혼자 서 있는
달빛
그뿐이라는 것.

무득가(無得歌)

빗소리 들으며
그대를 생각한다.
어둔 앞산을 보며
그대는 노래하고 있겠지.
얻을 것이 없는데도
오늘도 또 무엇인가 얻으려 했다네.
저 빗소리에 내 잠을 일깨워
내일은 그 눈부심에 속지 말아야지.
나는 여명도 꿈꾸지 않은 채
어둠 속에 누워 어둠이 되었다가
내일이면 고향으로 돌아가
그대와 함께
아침이면 이슬방울처럼
다시 맑아지리라

노란 법문

깊은 밤에 잠이 깨어
별빛 푸르고 바람 잔잔한
어둠의 너른 공간에 나가
천천히 뜰을 거닐어도
찬란하던 이름도
아무 얼굴도 떠오르지 않는다

하늘 눈부신 푸른 한낮
뜰에서 깨어나는 들꽃 산꽃
가지 끝에서 들리는
꾀꼬리의 노란 법문
잠시 들어 마음은 비어져
돌아서는 사람
아무 노래도 그립지 않다

그리움이 사라졌을까
다정한 이들의 다정함이
낡아진 것일까

선정에 든
꽃 곁에
나도 가만히 앉는다

정적 또는 고요

화두를 잡으면
흘러간 시간의 강물이 보이고
그 위로 떠오르는 것들
때로 다정한 바람
탱자가시 같은 말들
원한 같은 노을
그러다 문득 알아챈 것.
그때 몰랐던 따스한 마음
한밤중에 멀어져간 반딧불
아침나절 얼핏 피었던
아기 웃음 같은 나팔꽃
화두를 잡으면
또는 긴 소리로 노래하면
떠올랐다 사라지며
한 방울 눈물로 빛나는
작은 깨달음

새벽 강가에서

오늘 밤
강가로 가리라.
얼음 아래 강물 흐르는 소리 들으며
내 몸의 기억도 모두
흘러가게 두리라.
억새도 물새도 동무도 없이
강돌처럼 혼자 앉아
달빛 푸른 음력 2월 보름
어둔 산자락 바람에 흔들릴 때
아아, 그리움이 강물이라던
옛날처럼
다시는 통곡하지 않으리라.
행여 잠들어도 추위가 날 깨우리니
그때 내 누구 그립다 하리오.
슬픔이나 그리움은
거친 바람 흩날리는 눈보라
또는 새벽 물안개.
그것뿐.

이름이 헛됨인 동무도 애인도
뒷산 밤새의 노래처럼
쉬 잊고 마는
이생의 짧은 인연이여
오늘 밤 내 얼어 죽지 않으면
고통스럽게 잠 깨는
저 새벽 강을
큰 소리로 찬탄하리라

기도를 위한 시

말 속에 들어가지 않으면
기도가 무슨 소용 있으랴
강가에 홀로 떠 있는 고깃배
어부가 없으면 떠나지 못한다.
수초 속에서
낚시를 기다리는 은빛 물고기들
아침은 물살 위에 흘러가고
빈 배는 강둑 근처에서 서성거린다

기도 속에 들어가지 않으면
그 말이 무슨 소용 있으랴
배는 헛되이 맴돌다가
어둠 속에 묻힌다.
물 위로 걸어가는 이 보이지 않고
물 아래 그림자만 젖어 있다.
물안개 강을 덮어
저 건너편에 빛난 곳
다만 희미할 뿐

그대 안에 있지 않으면
말이나 기도가 무슨 소용 있으랴
말이나 기도 속에는
참 기쁨이 없으므로
무섭게 바람 불면 무섭고
생명줄 손끝에서 번번이 놓치리니
빈 배는 늘 비어 있고
어둠은 때맞추어 찾아올 뿐.
그대 안에 있지 않으면
배도, 어둠도 그저
풍경으로 짙어지리라

그래, 어쩌랴
— 도강일지 1

그래, 어쩌랴
낯선 시간, 낯선 님과 앉아
내 속살 보여준들
죽은들, 헤어진들, 미워한들
갈매기 되어 딴 포구에서
내내 떠돈들 어쩌랴
우리가 손을 흔들며 헤어질 땐
그저 슬플 뿐.
그래, 슬픈들 어쩌랴,
기쁨이 아니어도 어쩌랴.
창밖에 내리는 비와
저 부질없는 노래들.
내가 죽어 사라진들,
눈빛과 꽃과 따스한 살결
그 모두 잊은들 어쩌랴.
비가 석 달 열흘 내려
내 길을 지운들,
영영 노래 소리 들리지 않은들

어쩌랴, 그래 어쩌랴.
사랑하는 모든 것들과 헤어져
그게 사랑이 아니란 걸 그때 안들
어쩌랴,
나는 강을 건너가는
바람일 뿐

실눈 뜨기

― 도강일지 2

음력 시월 열이레
자정 넘은 시간.
앞산은 안개 속에 잠들고
싸늘한 별들도 구름 뒤 침묵하면
달빛은 실눈을 뜨고
날 보는구나

세운 뜻을 별러
이 밤, 잠에서 선뜻 나와
흰 옷깃 세우고 마당에 서서
몽롱한 밤 같은 이내 삶
아린 마음으로
보듬어본다네

앞산의 잣나무 틈에 서 있는
작은 잣나무와 내 다를 바 없고
그리움과 이별한 지 오래여서
다시 불러보려 해도 이름을 잊었고

이름이 기억나도
저녁 물안개처럼 아득하구나

구름 끼어 사위는 괴괴한데
아무 귀신도 얼씬하지 않고
나무들만 제 그림자 속에
제 몸 파묻을 때
나는 내 그림자 남겨두고
가볍게 가볍게 날아오른다

사라지는 즐거움을 위해

서산 등성이 노을 붉은
도래원에 앉아
내 생애의 손톱 밑에 박힌
작은 가시를 들여다본다.
뜰아래 밤나무처럼
나는 그냥 서 있지 못했다.
부여잡고 휘청거리며
한 세상이 두어 세상인 듯
손톱 밑이 아파 이리저리
와와거리며 달려갔다

가만히 앉아
가슴속을 훑는 바람소리
그냥 듣는다.
잠깐잠깐 졸기도 하고
흥얼흥얼 노래도 해보며
내 몸의 빛기둥도 불구경한다.
어느새 노을이 사라지고

벌레들의 울음소리 가만가만 들릴 때
나는 어둠 속으로,
문밖으로 사라진다

바라보는 이 즐거움,
사라지는 이 즐거움
그대는 알까

4월, 봄날은 간다

4월 이른 아침 차를 몰고
원주로 가며 봄노래 부르며
슬퍼한다.
봄날은 가고, 봄날은 가고,
그대도 가고, 나도 가고

사람의 노래는 왜 저리 애달고
애달픔의 몸체조차 비어
봄날 피는 꽃을 보면서도
서러워한다

무엇을 남기고 죽어야 하나
헛된 이름도
봄날 바람 속이면
그 부질없음
그대 문득 느끼리라

똥을 누고 가듯

노래를 짓고 갈 것인가
흔적도 소리도 없이
봄날 가듯 가야지

觀法 3
— 나무

바람이 속삭인다
새벽이나 늦은 오후.
가만히 앉은 늙은 것들에게 주는 말
귀가 어두울수록 더 잘 들리는
몰래 부는 바람

정치가가 늙으면
개처럼 야비해지고
사업가가 늙으면
쓰레기통처럼 탐욕스러워져
개와 쓰레기통이 벌이는 소란 위를
지나가는 가을바람

그래, 늙은 것들은 다 그렇지
늙으면 낡아
어느 날 바스러지지.
낡은 사랑도 미움으로 바꿔
우리는 그 힘으로 겨울을 부르고

세상을
눈으로 뒤덮고 말지

늙어도 쓸모 있는 것은 나무.
낮이면 바닥의 제 그림자 보고
밤에도 잠들지 않고
떠돌아다니지 않아도 언제나
흐름 속에 서 있다.
온 촉수를 세워
빛과 어둠과 바람의 귓속말을 듣는
나무는

가을에 옷을 벗을 줄도 안다

觀法 5
— 우리들의 識

늘 갇혀 있다.
방 속에 규칙 속에 말 속에 갇혀
갇힐수록 용맹스러워지는 맹수.
갇혀 있을 때 사나워져
송곳니를 곧추세운다.
풀어놓아라, 들판에
맹수는 자연법에 묻혀
발톱은 단지 찔레의 가시처럼 빛날 뿐

갇히고 싶어 하는 무리 틈에서
자유를 노래하면
노래는 울부짖음.
외로운 짐승의 외로운 짖음.
자유는 오히려 갇힘 속에 있을 뿐
노래하지 마라
사람 너머로 홀로 떠나가라

평화는 이부자리 꿈속에 있지 않고

자유는 썩은 웅덩이의 수란이 아니다.
가자, 그곳으로
들판 너머 들판

초여름 햇살에게

이제야 왔구나,
어린 잎새 위.
은하계의 한낮
예 살짝 내려섰구나.
정수리에서 등골을 타고
보일 듯 보이지 않는
지난 세월 녹이고 있구나

아직도 찬란하구나,
칠월이여.
장마는 바다 위에서 맴돌고
물고기 떼 지어 떠도는 심해
그 정적 속에
아하, 그대는
혼자 고요하구나

기쁨으로 떠올라
눈짓 하나에도 일렁이는

숨은 세계여.
내 마음 햇살 속에서
그대를 만나고 있나니.
그대가 바로 고향의
초여름 햇살이었구나

겨울 햇살이 꽃으로 핀다

1.
겨울 햇살은 참 가벼워서
맑은 물에 띄우면
그 빛 꽃으로 핀다.
저 꽃을 내 마음에 담아
어둠 구석구석 비추어
말끔히 씻을 것이네

2.
병든 사람들
병든 몸으로 몰려다니는데
저 병 내 고칠 수 있어도
병든 마음을 안을 수 없어
빈 마음 꽃보다 더 자주
떨어지누나

3.
내 병이 깊어도

내 어쩔 수 없네.
꽃이 스스로를 보지 못하고
새가 제 노래 듣지 못하듯
이 깊은 병 안고
집으로 돌아갈 때까지
살아야겠지

4.
바람이 불어
저 얼음꽃 지우듯
가면 그뿐, 다시 오면 그뿐.
끝내 풀지 못하면
다시 풀어야 할 걸.
잠들지 말고 아름다움 열어
조이고 놓으며 풀어내게

5.
생각으로는 고향을 찾을 것 같지

발걸음 향하는 곳,
그곳이 허공?
마음 가 닿는 곳,
나도 허공?
그러므로 늘
가도 간 적이 없다네

아름다움에게

언제나 탱글거리며
붉은 꽃처럼, 따스한 동굴처럼.
아아, 처음 맡는 향기여,
헛됨의 정상에 앉아 있는
높은음자리 노래여

그게 다 무슨 소용이냐
내 그대에게 속지 않는데
내 허공을 그대가 조인들
무슨 소용이 있으랴
다만 그대가 서원한다면
보듬어 현명해지겠지

닭이 울어도 부인하지 않고
빛이 있는 곳이면 어디서라도
당당하게 그 아름다움을
보아줄 수 있으리니,
나는 그대

시간의 강가에서

이른 아침 천천히
강가를 걷는다네.
빠른 물살 타고
흘러가는 저 사람들을 보며
그들을 위해 할 수 있는 것은
얼굴 밝은 위로의 말 몇 마디.
밧줄을 던져 그들을 강가로
잠시 건져 올리는 것.
재빠르게 떠내려가는
여린 것들을 위해
가만히 눈시울 적실 뿐

때로는 배를 저어 그물을 던지거나
한밤에 등을 달고 낚시를 놓아
싱싱한 물고기 잡듯
아름다움 남은 이들의 옷깃 부여잡지만
손길 털고 떠나는 이들의
뒷모습 그저 보며

꽃잎 같은 내 노래
가만히 띄운다네

밝아오는 강가에서
새벽안개 지피면 불러본다네.
아직 잠 깬 물고기 없는 강둑에 서서
어이, 어이 목청껏 불러본다네.
떠나는 이들의
애처롭던 뒷모습.
언제 그 여윈 얼굴
다시 볼 수 있을까
손잡고 강가에서
긴 노래 함께 부를 수 있을까

가슴을 열면 무엇?

가슴을 열면
무엇이 보이는지 아나
어둠의 끝자락에 매달려 가는
혼들의 애절한 모습.
그들이 부여잡은 그 바람결
생전에 좇았던 헛된 사랑이며,
이름뿐인 것들.
그 헛됨을 좇는 눈꽃 같은 모습

가슴을 열면
무엇이 들리는지 아나
세상의 모든 소리
불러도 대답 없는 부름
대답해도 들리지 않는 대답
그 너덜너덜한
바람 끝자락에, 시간의 꼬리에
매달려 너풀거리는 소리

가슴을 열면
무엇을 아는지 아나
미움보다는 사랑이
사랑 또는 하나 됨.
기어이 고향으로 돌아간다는 것.
그 시시한 말.
가슴을 열면 안다는 것.
그걸 알지

심야 통화

연다,

어둠 속에서
머리맡의 핸드폰을.
새벽 2시 9분.
나는 지금 시간과 통화했다.
시간은 이리 말하네.
네가 자고 있어도
나는 간다.
나도 이리 답하네.
네가 가고 있어도
나는 잔다.
시간은 내 잠을 말하고
나는 시간의 감을 말하네.
내가 시간이 되어
머리맡의 잠을 열면
뭐라 말할까

닫는다

제2부
작은 풀꽃처럼 주저앉아

돌개바람의 노래

내 생애는 바람이었네.
때로는 산들바람이고
자주 돌개바람이 되어
저자에도, 산에도 머물지 못하고
에돌며 맴돌며 회오리쳤다네.
이 산골 저 산골 다니며,
이 나무 가랑이
저 나무 가랑이 훑고
바위 위에 한나절 앉아
꿈꾸기도 했다네.
강 따라 흐르고
꽃송이 위에 나비처럼 맴돌며
밤마다 긴 편지 쓰기도 했다네.
나는 그저 바람.
허공에서 왔어도
허공으로 돌아가지 못하고
타향을 어지러이 떠도는 바람.
바다를 거칠게 핥고

들로 들로 맴돌다가
때로는 죽은 듯 그늘에 눕는 바람.
몇 날 며칠 달리다가
이제 대밭에서 숨 몰아쉬는
그런 바람.
그저 바람이었다네

낡은 노래

바람이 분다,

강가에 서서 강물을 보면 생각들이 거슬러 흐른다. 상류로 오르는 생각과 하류로 내려가는 강물이 내 앞에서 부딪치며 소용돌이친다. 슬픔도 뒤척이고 그리움도 자맥질하고 정장을 입은 원한이 물거품을 일으키며 출렁출렁 소리를 낸다. 힐긋힐긋 돌아보며 떠밀려 내려가는 옛사랑의 흰 엉덩이도 보이고, 아가미 큰 물고기에 끌려 내려 가는 눈 화장 짙게 한 맹세도 보인다. 낄낄거리며 어깨 맞잡고 와와 올라가는 망상도 보인다. 왜 생각은 강물 따라 흐르기를 거부하는가? 참을 수 없어 배 띄워 그물을 던지지만 번번이 아무 것도 건지지 못한다. 강물은 어느새 그물코로 새어나가고 번뇌는 물안개로 강위에서 감돈다. 저기 떠도는 배 몇 척들도 헛된 그물질만 하누나.

어느새 배는 하류로 밀려왔다.

바람이 분다

겨울에 부르는 노래

겨울이면 우리는 외로워진다.
밤은 길고 바람은 싸늘해
시린 손을 붉게 흔든다.
오라, 외로운 이들이여
우리가 피운 모닥불 근처에서
어깨 보듬고 가슴 맞대야 하지 않느냐
태울 수 있다면 붉은 손도 태우고
그대의 슬픈 몸도 태우며
이 어둠을 오래 지켜야 하지 않느냐
산 아랫자락에서는 늘 안개가 지펴
시린 정강이 저려온다.
뿌리 없는 근심은 새벽이면 더해
따사롭고 맑은 가슴 그리워
술잔이여, 늘 차 있어라,
내 취기가 되리니.
잡초끼리 얽히고 넝쿨에 싸 안겨도
겨울이면 함께 얼어붙을 뿐.
밤 깊어 모닥불도 꺼지고

취기 찬바람에 스러지면
그대 따사롭던 가슴도 식어
갈 곳 없는 외로움만 웅크리고 떤다.
어디 꺼지지 않은 모닥불이 없을까
혼자 있어도 외롭지 않은 산은 없을까
고향보다 더 고향 같은 고향으로,
가자, 외로운 이들이여
우리가 타오를 수 있다면
모닥불이 될 수 있으련만.
우리는 언제나 꺼질 뿐.
그러므로 겨울에는 외로워도,
쉽게 취하지도 말고
서로 껴안아 바스러지지 말아야지.
겨울에는 겨울바람이 분다

날짐승이었던 나무의 노래

아, 내가 너무 오래
주저앉아 있었구나
보이는 것은 벌레나 진딧물
내 발이 너무 깊이 파고들고
내 몸 잔가지 돋아 헛되이 무성할 뿐

아, 날갯짓 잊은 게 아닐까
가을이면 깃털 다 떨어져도
봄이면 돋아나 안도했고
봄꽃에 날아오는 벌 나비에 취해
고향 하늘 돌아보지도 않았구나

이제 발을 뽑고 날개를 추슬러
저 하늘 높이 날아야지
굳은 허리 부드러이 비틀어
저 겨울 하늘로
힘차게 날아야지

아침에 부르는 노래

햇빛 찬란한 아침인데
누가 슬픈 노래를 부른다.
슬픔이 아름다운가

아니리라
아름다움이 슬픔 속에 있지 않고
슬퍼할 적의 가벼움,
가벼움 속에 아름다움이 있느니.
그래서 古人들은
슬픔을 고이 간직했으리라

뜻을 세워도 번번이 허물어지는
내 슬픔이 귀 기울이는
山東에서 울리는 저 음악에
古人들의 아름다운
빈 자취를 보느니

흔들릴 적마다 절을 해도

절 속에서도 슬퍼하는
내 슬픔이 땀 흘리고 있느니

창에 낀 저 성에
햇살에 사라지듯
내 생애 스러지면
귀 밝은 이, 내 노래 듣고
가만히 슬퍼하겠거니

작은 풀꽃처럼 주저앉아
— 바람소리 1

정배리에 스스로 정배 와
대마처럼 키 크게 살지 못해도
작은 풀꽃처럼 주저앉아
새벽마다 행공하며
몇 생을 더 살아야 풀어낼 것들
뉘 고르고 피 뽑으며
그렇게 십 년 넘어 살았느니라.
그러다 문득
눈 펄펄 내리는 날
마른 풀 가지 끝에서 풀씨 먹는
작은 산새를 보니
세상에서 잊히는 마지막 한 자락
그 아픔이 아려오데.
이 아림도 헛됨일 터인데도
이리 생생해
밤 내내 고향 생각하다
새벽에 깨어 앉았느니라

네가 서 있는 겨울 산
— 바람소리 2

네가 서 있는 겨울 산으로
해가 진다.
네 등 뒤로 해가 진단 말이다.
푸른빛으로 스러져 어스름이 되는
너를 보면
고향 생각이 난다

네가 서 있는 곳
지척에 서 있는 네 나무 동무들이
먼저 사라지고
네 그림자 속으로 잦아들기 전
너를 스치는 바람한테
무슨 말을 들었나

너도, 산도
어둠 속에 사라지면
어둠의 산 거기쯤
어둠의 나무가 되어

어둠의 눈을 쓰고
너 대신 설까

뜰은 텅 비었나라
— 바람소리 3

바람소리에
문득 잠이 깨었나라.
건너 산에서 건너와
내 가슴을 뚫고 가는구나.
바람 쫓아 가 보니
푸른 두루마기를 입은 어머니
노을 진 서쪽
고향으로 가고 있데.
나는 어데 있을까
이 바람 이생에서 울며 불지만
그 가는 곳
전생의 벌판일까
내생의 지평일까
기어이 돌아갈 내 고향?
창을 여니 이월 열엿새 달빛
겨울 뜰 쌓인 눈 위
가득 차도
뜰은 텅 비었나라

되돌아올 수 없는 것들을 위해
— 바람소리 4

자정 무렵 선잠에서 깨어
눈 감고 바람소리 듣는다.
먼 데서 먼 데로
화물차 밤길 거칠게 달리는,
나뭇가지를 흔드는,
내 잠을 쓰는 소리.
내 속살과 마음을 흔들고
내 생애를 휩쓸며 지나간
모진 바람을 생각한다.
내 무슨 심사로 그 바람을 불러
중국 땅의 어둔 꿈
바람 거친 예까지 왔을까
어둠 속에서는
낮에 사라졌던 것들의
그림자가 잘 보인다.
그렇다, 깬 잠이야 다시 오련마는
되돌아올 수 없는 것도
참 많구나, 바람이여

흔적 없는 풍경 소리
— 바람소리 5

바람이 그대에게 줄 수 있는 건
사랑이 아니다.
천공을 휩쓸 적에는
문득 그리움처럼 보이다가
흔적 없이 사라지는
헛된 꿈.
바람이 그대에게 줄 수 있는 건
기쁨이 아니다.
흐린 날 슬그머니 다가와
야윈 어깨 보듬고
귓속말로 속삭여도
고개 들면 떠나가는
냉랭한 뒷모습.
바람이 그대에게 줄 수 있는 건
그저 바람.
언제나 왔다가 떠나가는
텅 빈 모습,
흔적 없는 풍경 소리

자빠져도 그대로 두고 가니라

― 바람소리 6

선실에서 눈 가리고
경행을 하며
정월 대 바람 소리 듣는다.
겨울바람이 말라붙은
날 휩쓰는 소리.
아무것도 담지 않고,
아무 그리움도
그리워해도 가 닿지 않는
텅 빈 그리움.
자빠져도 그대로 두고,
손을 내밀어도 그대로 두고
고향 쪽으로 사라지는
대 바람 소리.
너무 울어 쉰 목소리
너무 웃어 풀어진 목소리
귀 막고 지르는 소리.
추운 선실.
있는 대로 껴입고

더 추운 마음 빈자리
대 바람 소리로 비우니라

고향은 너무 멀다?

— 바람소리 7

밤에 부는 바람
미닫이를 두드리고
낡은 것일수록 더 세게
창문을 두드리며
어서 일어나라, 일어나라
덜컹덜컹 잠 깨우고
황급히 떠나버린다.
어디로 가라는 거냐
내 잠을,
내 꿈을,
어디로 가라는 거냐

설경

— 백마는 가자 울고

이월 보름
세상의 욕망 다 지우듯
웬 눈 펑펑 이리 억세게 쏟아지노
곤지암에서 서울로 돌아오는데
백마는 가자꼬 힝힝 울어싸도
길도 지워지고 날도 고마 저무네.
눈은 주막에서 묵잔 듯
소매를 슬며시 잡꼬
다시 펑펑 속삭이네.
눈 속에 안 파묻히는 게 어데 있더노
우째 그 형상 다 드러내지 않을 수 있겠노
니 알파도 베타도
저 굴곡진 청산, 도드라진 바위
다 드러나도
하얗게 다져진 강변 도로
미끄러지듯 미끄러지며
백마는 고마 안 달렸나.
눈 온 날 꾼 꿈

이게 그리움이 아니라 카모
눈을 그리움이라 칼래
눈 올 때 눈맞지 않는
그런 사람 어데 있더노

꽃 잡고 길을 물어

아아, 으악새 슬피 우니
창밖에 낙엽이 지는데
내 노래는 왜 슬픈가
연구실에 쌓아둔 위선들을
제자 몇이 양지로 싣고 와
꽁꽁 묶어두고
허망한 내 노래 그저 듣는구나
길을 물으려 해도 핀 꽃 없고
노래 속의 꽃이 오히려
내게 길을 묻는데
나는 아아, 대답할 수 없다.
그래, 길을 몰라도
떠나리라,
고향 찾아,
꽃 버리려 떠나가리라

존재의 이유

언젠가는 너와 함께 하겠지
아니, 절대로 그럴 수 없어
지금은 헤어져 있어도
언제나 헤어져 있을 거야.
네가 보고 싶을 때
술에 취하고 싶지만
술잔을 채울 때까지
조금만 참고 기다려줘
뭘 위해 참아야 하나
알 수 없는 또 다른 나의 미래가
나를 더욱더 힘들게 하지만
알고 있는 나의 과거도
나를 더욱더 힘들게 하지
네가 있다는 것이 나를 존재하게 해?
내가 있다는 것이 너를 존재하게 할까?
네게 달려가도
그때는 이미 늦을 걸
연변의 저 달이 밝아도

우리의 미래는 어둔 걸.

9월에도 옷깃을 여미는 싸늘함.

번호를 알아도 전화할 수 없는

내 그리움 어디다 숨겨야 하나

네가 있어 나는 살 수 있는 거야?

내가 없어 너는 살 수 있는 거야!

잊혀도 그리움만 가득.

슬픔 가득, 술잔 가득,

술을 채우고

저 노래 내 노래 섞어 마시지.

노래는 취기와 함께 또 사라질 뿐.

우리는 결코 그 누구의

존재의 이유일 수 없어

다만 그리움의 이유일 뿐

등 돌리는 못된 사랑의 노래

압록강에 얼음이 녹았을까
잔돌들도 얼음에서 풀려
돌돌 물살에 씻기며
내 아들 같은 신록
그 그림자 담고 흐를까
얼음은 녹으면 그만
물은 흘러가면 그만
돌도 파묻히면 그만
'그만'도, 그저 흘러가는 시간도,
물길 따라 가버리는구나
참 이상하지
자고 나면 어느새 등 돌리는
못된 사랑도
가면 그만이더라.
그게 누구?

고향에서 부를 노래

저녁 공부를 끝내고
침상 머리에 앉아
허기진 어스름을 본다.
봄이 연둣빛이어서
봄노래 한 소절 부르고 싶은데
고향 생각만 나누나.
내 욕망이나 감정의 골이
낯선 석가장처럼 깊어
마음을 가다듬고 연공을 하며
또 하루가 그냥 저물게 두네.
고향의 가족들도
이 밤에 생각의 집에서 잘까
내 돌아가 그들을 위해
잠들기 전에
내 노래 불러 주리라

두려움이여!

— 물의 노래 1

두려움을 푼다.
물속 깊이 어른거리는 것들 모두
낯설다, 무섭다.
어린 시절의 풍경들,
애달파, 하도 그리운 것들이
다가오며 멀어지며 일렁인다.
저것들도
내가 두려울까
두려움이여
살아있음을 두려워하는
두려움이여

추운 날의 노래

우리는 왜 함께 외치는가
어둔 산 아래 길들만 재빨리 달리는 저 도시.
북쪽에 둘러쳐진 저 산을 향해
외치는 게 아니다.
우리 가슴속 닫힌 문을 두드리며
어서 열고 나아가기를
나를 향해 소리치는 것

우리는 왜 모닥불을 지피는가
제 피붙이만 보듬고 사는 사람들.
가면무도회에 참석한 그들을 위해
불 피운 게 아니다.
겨우내 불기 없는 우리 가슴속
차디찬 마음, 뼈 시린 외로움
나를 녹이려는 것

제3부
종이꽃 사랑, 그대여

거울에다 쓴 편지

해는 서편으로 돌려보내고
비는 개울로 돌려보내고
그대가 보낸 노래
다시 그대에게 돌려보낸다.
꽃은 꽃에게로 돌려보내고
바람은 불어온 창밖으로 돌려보내고
그대는 그대에게로 돌려보낸다.
그러나 어이 하리
이 그리움, 이 슬픔
돌려보낼 곳이 없구나

종이꽃 사랑, 그대여

흐린 하늘이 양버들에 낮게 걸려
초록빛으로 침묵한다.
누가 그대 더러 다시 피라고 했나
겨울이 오월에도 계속된들
유월이 어찌 서러워할까
꿈속에서도 절뚝거리며
하얗게 질린 길 따라
덧없이 가고 있을 뿐.
아무에게도 말할 수 없는
심심하게 흐르고 있는
이 애절한 시간.
내 인생의
흐린 강이여.
얼핏 스치고 지나가는
종이꽃 같은 사랑, 그대여
성냥 한 개비 불붙여
내 어둠 잠시 밝힌
낯선 靑山의 꽃이여

집 그리고 바람의 몸짓

마음을 새처럼 날리는 이여
뜻이 없으니 사랑이 헛되고
꽃이 피어도 향기가 없구나.
사람의 사랑은 그렇게 지는 꽃잎
넘치는 정도 살피지 않으면
가슴에 안겨도 공허할 뿐.
공허여, 바람의 헛된 몸짓 위에
왜 그대의 집을 지으려 하느냐

그립다는 말 않고 보내리니

줄 끊긴 연이여, 가라,
노을이 지는
서쪽 하늘로.
내 인생 어두워지기 전
가벼이 날아가라

빈집에 앉아
이별을 위해 한 잔,
떠남을 위해 한 잔.
전생의 늪에서 함께 있었기에
이생의 수렁에도 함께 있었거니.
업의 끈 풀고
선선히 가라, 그대여.
이 밤 취해도
내일이면 술이 깨겠지

가라, 그대여.
그립다는 말 않고

보내리니.
고향이 같다면
언젠가 만나겠지

부칠 수 없는 편지

마지막 소포를 받고
포장지를 뜯고
다시 속 포장을 뜯으면
내 속살도 뜯기고
내 마음도 뜯긴다네

그대 소포 속에는 활짝 웃는 것들
가만가만 말하고
힐끔찡긋 눈짓하는 것들.
내 살 안쪽에는
이래도 슬프고
저래도 눈물 나는 것들,
아아, 소리치며
저물어가는 창가에
주저앉는 것들

내가 준 것들도 그러할까?
이 셈이 끝이라면

내 영혼 깃털처럼 가벼워질까?
이 노래 창밖으로 떠나보내느니
부처여, 이것이 우리를 잇는
마지막 연이 되게 하소서

염소처럼 가 보면

산에 오르면
바람의 자락 길게
바다를 향해 이어지더라.
시간도 길 따라 가 버리고
사람도 함께 가고
봄꽃 남아 수줍어하며
옹기종기 모여
찔레꽃처럼 하얗게 웃더라.
그 바위 뒤 그대 숨어있는 듯해
염소처럼 가 보면
누가 몰래 눈
똥 무더기 꺼멓게 마르고 있더라.
그게 아름다운가
그래도 조금은 슬프더라

어두운 하늘

저 하늘에 마음을 보내
어두운 땅을 내려다본다.
외로움들이 등을 켜 들고
누에알처럼 모여
몸 웅크려 떨며 떠나고 있다.
사람이여, 여기는 혼자
혼자 노래 부른다네.
그리움이여, 내 속에서 눈을 뜨는
작은 그리움이여,
너는 왜 떠나지 않느냐

비 오는 밤, 연변의 비

일이와 장사익의 노래를 듣는데
연변의 밤은 비에 젖어
저 노래의 기교가 오늘은 좋다.
그는 슬픔을 꾸며
슬프게 노래한다

우리는 모두 그러리라.
슬플 적에 슬픔이 되지 못하고
슬픔을 슬픔으로 만들고 말지.
저 촛불 절로 그리워하는 것이
슬픔인가, 기교인가

우리는 사랑이면서
사랑이 되지 못하듯
슬픔이면서
슬픔이 되지 못하고
슬퍼하기 위해
밤이면 슬픔의 촛불을 켤 뿐

일이는 홀로 잠들고
내 취기 짙어져도
촛불 꺼질 때까지
기다리느니

그리움 있어 행복하네
— 주정 1

술이 덜 깬 날 아침은
그냥 님 생각이 나서
그리움이 가득 담긴
노래 목청껏 부른다.
중국에 와서 내가 하는 건
온몸으로 그리움이 되어,
그리워하는 짐승이 되어
노래하는 것

술이 덜 깬 날 아침은
그리움 있어 행복하네.
노래할 수 있고
외로움 곁에 누일 수 있어,
아무도 내 노래 막지 않아
행복하네.
술이 덜 깬 날 아침은
그래서 행복하네

흙이 된 아침
— 주정 2

흙이 된 아침에도
나는 행복하네.
간밤의 기억이 사라져도
노랫말은 생생해
흙이 되어도
사랑이 있어 행복하네.
아직도 날 버리지 않은 님 있어
행복하네

행복 뒤에는 무엇이 있을까?
간밤에 내가 부른 노래는
어디서 자고 있을까?
흙이 된 아침은
무슨 노래라도
다 부를 수 있어
행복하네,
흙이 된 아침은

남새밭 자줏빛 가지꽃을 보며
— 주정 3

아침에 슬퍼한다네.
남새밭 오이꽃을 보며
자줏빛 가지꽃을 보며
저런 꽃도 못 피우는 나는
죽도록 술만 마시며
그냥 님 생각,
고향 생각만 하누나.
해가 떴다가 지듯이
님이 왔다가 가듯이
내가 취했다가 깨듯이
내 그리움도 그리될까
그러나 아직은
사랑 내 곁에 둘 수 있어
행복해서 슬퍼한다네.
누가 그 행복 묻는다면
슬픈 낯짝을 하고
입만 히죽 웃으리

아침 이별

이른 아침의 이별
슬퍼하지 말게나.
창밖은 차가운 햇살만 가득
떠나가는 것들의 뒷모습에 담담해야
오는 것들 반겨 맞겠지

새벽마다 가지 끝에 오던
그 작은 새의 말처럼
살아서 이 겨울을 말하리라.
겨울 강의 물살
궁상각치우로 흐르고
물새 몇 마리 쉼표로 떠 있어도
내 뒷모습 기어이
느낌표로 서게 하리라

봄비

비에 젖는 것이 몸이 아니다.
비를 맞기 전에 벌써
우리의 기억,
의식 저 밑바닥이 먼저 젖고
젖은 채로 떠올라
머리가, 어깨가
시간이 젖는다

비가 내리면
흘러간 수많은 봄날이 젖고
내 마음속에 묻힌
욕망과 감각과 생각의 싹이
옴짝거리며 눈을 뜨며
젖은 채로
몸부림친다

봄비가 내리면
꽃나무도 그러려니,

꽃씨, 풀씨들도 그러려니
나도 너도 저 이들도
봄비에 젖기 전부터
흠씬 젖어
그렇게 뒤척이려니

봄밤, 창가에 서서

봄풀 향내 그윽한
저녁 무렵에
꽃 보고, 달 보고

아, 밤의 냄새 그윽해라

밤이 깊어
내 절로 촛불을 켜고
불빛 그리 밝지 않아도
그대 그리워할 수 있다네.
산 보이지 않아도
산 곁에 둘 수 있고
어깨 아래 아기 하나
재울 수 있다네

내 인생의 별이 많았어도
이 밤은 다만 별 하나 빛나
깊은 밤 잠 깨어

창가에 서도
그리 외롭지 않구나

처럼

햇빛 모처럼 창밖 가득한 봄날
심심함과 함께 앉으면
몸속에 똬리를 튼
쉰내 나는 시공에서도
햇살 웇처럼 아름답다

세월이 가면
백초구도 연변도
어떤 글처럼
묘사될까

그리움이
개처럼 다리를 벌리고 누워도
봄날은 가고,
낮술에 취해 잠들면
내 심심함은 어디서
또처럼 날 기다릴까

제4부

내 슬픔에는 이유가, 없다?

비 쫄쫄 내리는 가을 저녁

세상은 그래도
살 만한 곳이라 카이.
아내는 죽음과 싸우고
나는 번뇌와 씨름해도
햇살 맑은 아침 바람,
비 쫄쫄 내리는 가을 저녁
배갈 한 잔 마시고
세상 가운데 앉았으모
문득 눈이 밝아져 가꼬
예가 살만하다는 깨달음에
속살 조금씩 저려 안 오나.
생각 생각 속에 만나는 거
눈 뻘건 욕망이나
연변의 겨울 같은 분노.
그러나 그러나 되돌아보모
죽을 곳이 아이라 살 곳이라는 거,
증오할 곳이 아이라
사랑할 곳이라는

그 쬐끄만 깨달음에
고마 몸을 안 떠나,
늦가을 시린 빗발이여

한강 1
— 역사에게

아하, 그랬구나
간밤 빗소리 꿈속에 소란하더니
저리 불어 흐려졌구나.
내가 잠든 사이
밤새 가랑이 벌리고
샛강, 잡 강 모다 받아들여
몸 비틀며 요동치다가
신새벽 부수수 치마 내리고
자는 척 돌아누워 흐르고 있었구나
잡 강 너무 세게 안아 아픈 어깨
샛강 너무 꼬아 저린 허리,
그래서 새벽마다 앓고 있었구나
나는 새벽 강가에 서서
돌팔매 그대 가슴에 던지며
내 슬픔 바람에 날리지만
다시 태어나도 널 버리지 않고
결코 널 떠나지 않으리라

한강 2
— 작은 사람들에게

아하, 그랬구나
내가 잠들었을 적에
모래 채취선에게 몸 내주었나.
내 눈물로 네 흐려지고
내 슬픔으로 네 깊어진 줄 알아
너보다 먼저 뒤척이고,
밤 내내 잠들지 못했느니
온몸 절절 끓어도
강가로 기어나가
멀쩡히 흐르고 있는
널 보며 외친다,
그립구나, 그래도

내 슬픔에는 이유가 없다?

비가 오려나
바람이 어둠을 흔들어
불 끈 내 창을 두드린다.
아아, 하나가 아니구나!
수많은 손들이 다른 사연을 지니고
애절히, 황급히, 슬프게 두드리는구나

그래서
바람이 창을 두드리는 것에
이유가 없구나

내 창을 두드리는
저 바람의 숱한 손을
뉘 무슨 사연이라 하겠느냐
그렇구나,
내 슬픔도 그러려니,
무슨 이유가 있다 하겠는가

어둠이여, 행복이여

아직 술이 남았으니
가을도, 겨울도 행복하다.
산 아래로 눈발이 휘몰아치면
고요함이 마루 밑 개처럼 앉아
펄펄 눈발을 본다.
내가 널 위해 노래하면
너는 내게 무얼 줄래
언젠가 준
흰 무명 같은 슬픔 두 필?
그건 이미 풀었다,
어둠이여

낯선 시간

여기도 사람이 산단다.
푸른 보리밭 낯설게 펼쳐져
오동나무 보랏빛 꽃,
잠시 가지에 앉았다 가는
사람 낯선 마을.
새들도 중국말로 울고,
꽃도 중국 나비를 부른다.
나도 중국 노래를 부르지만
내 가슴
이미 고향에서 비워지네

허무의 잔에 따르는 술

이생의 크나큰 업의 파도여,
그대 어디서 잦아지려는가
저 파도 쉼 없어
누가 날 좀 붙잡아주었으면.
바람도 이름 없는 하늘을 거쳐
내게로 불어오느니

꿈꾸는 날의 어둠이여,
우리는 늘 슬픈 노래가 되어
마지막 소절까지 부르지 못하나니.
그대가 꾸는 꿈의 첫머리,
그 노래의 첫 구절,
얼핏 들을 수 있다면

오늘도 날은 저물고
남쪽에서 헤매다
북쪽 땅 끝으로 와 눕나니.
마음 가운데에 자리 잡은

허무의 잔에 따르는
이 독한 술
언제까지
홀로 마셔야만 하느냐

기말 시험

날은 이미 저물었고
저녁 구름 산에서 피어올라
산보다 더디게 사라지네.
사라짐?
내일이면 다시 굳게 설
저 산의 사라짐?
사라져도 다시 피어오르는
산골짜기의 구름?
그대들이 떠나면
이 방의 불도 꺼지고
나도 사라져야지
서로 등을 돌리고
어둠 속으로 사라지지만
그대들이 무엇을 위해 사라지는지
그것만은 답안지에 적고 가게.
날은 더 저물겠지만
이제 촛불 한 자루씩 켜고
불빛만 두고 함께 사라지세

저녁 비행

창밖을 봐
당당한 것일수록
재빨리 사라져버리고
초라한 것일수록
더욱 빛남을.
창백하던 낮달도
산기슭 작은 집의 창문들도
부질없이 서 있던 가로등도
점점 밝게 빛나지

창밖을 봐
목청 큰 것일수록
슬금슬금 사라져버리고
수줍은 것일수록
더욱 또렷함을.
풀잎 사이 숨은 풀벌레
논물에 눈만 내놓은 개구리
아아, 마음 갈피 속의 기도

점점 또렷하게 들리지,
어두울수록

슬픔이 강물처럼

이 세기 마지막 6월의 아침.
풀은 푸르고 햇살은 맑은데
새벽 수행을 마치고 돌아오는 길.
내 인생을 차에 싣고
천천히 천천히 돌아오면
나도 작은 시냇물이 되어
한강 따라 흐르네.
나뭇잎들은 바람을 향해 빈손 보이며
놓아라, 놓아라
나는 아직 슬픔을
꼭 쥐고 있네

절하기
— 편지 17

山 곁에서
절을 한다네,
땀을 흘리며

산바람은 불어오지 않고
어느새 아침 햇살
나뭇가지 끝에서 빛나는데
江도 곁에 두고
절절 끓어오르는 업의 수렁
절, 절, 절을 하는데

강바람 불어오지 않고
새 한 마리 날아오지 않아도
이제야 생각이 끊기네

얼마나 땀을 흘려야 할까

내 슬픔 위해
— 낮술 8

슬픔을 강물에 비유한 이여,
가르쳐주게.
내 슬픔은 화톳불
나는 그 위에 서 있다네.
그리움을 기폭에 띄우는 이여,
가르쳐주게.
내 그리움은 영하 28도의 인민공원
시린 엄지발가락

쉰이 넘어도 펄떡거리며
그리워하나니.
눈물 눈가에 설핏 비쳐도
빈 술잔에 술
엉엉 따른다네

이른 어둠

오랑캐꽃 한 포기
오랑캐의 흙을 담은
작은 그릇에 심고
어둔 새벽
들여다본다

이 꽃도 이게 한 세상이려니
나도 꽃이려니
꽃도 나도 몇 마음 지니고
몇 송이 피웠을 거니
그래, 아름답다?
슬펐다?
내생의 어느 들판에서
다시 피어나야 하리

어둠 걷기
— 도강일지 5

아내와 어둠 속에 앉아
남은 생애를 이야기하다가
잠시 어둠 속에 몸을 내려놓고
지난밤의 꿈을 읽는다

결코 오지 않을 사람도 기다렸고,
반갑지 않은 사람도 반가워했고,
하지 않을 말도 했다네

창밖 섣달 바람
잔설 위에서 감돌고
기다리는 것들 오지 않을 줄
모르는 사람 뉘 있으랴

그래도 떠난 사람 이야기를 하다가
다시 고요 속에 잠겨
계속 꿈을 읽는다네

대밭이 있는 풍경

밤이면 대밭에서
누가 자꾸 내 이름을 부른다.
바람소리에 끊길 듯 말 듯
구슬피 부른다

달빛도 스며들지 않는 대밭
홀린 듯 들어서서
흰 옷자락만 따라간다

너무 빨라
아아, 그만.
그러나 대밭을 빠져 나갈 수가 없다

밤마다 나는 대밭에서
내 이름을 부른다

제5부
낯선 청산의 꽃

낯선 청산의 꽃

타향을 유람하면
황홀한 절경 곳곳에 있고
꽃다운 사람, 고운 노래
아름다운 그 청산,
어찌 찬탄치 않으랴

아아, 이 너른 세상을 두고
쓰디쓴 맨드라미에
내 삶을 걸었음을,
웅크리고 짓눌려 살았음을
절로 탄식하리라

그러나 그대여,
타향에서 오래 떠돌다 보면
깨닫게 되리라

청산에 있어도
그것은 다만 풍경

꽃다운 사람은 꽃다울 뿐이고
고운 노래는 가인의 것일 뿐,
그대 결코 그 청산의
주인이 되지 못함을

산행

— 妙性是空

벽제에서 의정부를 돌아
늦은 오후 검단산에 올랐다네.
사월 신록은 그늘에서도 어른거리고
진달래 산자락에서 붉게 피어
꽃잎 서럽게 바람에 지고 있데.
산새 울음소리 먼 데서 끊겨도
가슴에서 잇는 아린 울음.
산은 가파르고 골은 깊어
젖은 이마 훔치며 산 아래 돌아보면
멀리 울음 참는 팔당호가 보이데

산꼭대기에 올라 양지 바른 곳에
그대를 흩뿌리면서
법운은 봄날 구름처럼
선관은 오후 햇살처럼
하얗게 법성게를 읊는구나
바람은 왈칵왈칵 불어와
그대 보내는 이 술잔 비우는데

다시 탄식하느니
우리 언제 만날 수 있을까
하산 걸음이 빨라져도
법운의 흰머리
저녁 어스름에 빛나는데,
아하, 이생의 오늘이 또 저무는구나

우리가 꾸는 슬픔이 이러해도
그대 잠 깬 기쁨이 지극한지
희디흰 싸리꽃 그대 침묵처럼 피어
땀에 전 이 그리움 감싸는구나
그대 예다 두고 가면
산이 되고 바람이 되겠지
내 어리석음 애절해
한 잔 술에 취했어도
허공이 된 그대여,
그곳에서 날 기다려 주게

여행 1

— 영주지리지

겨울바람이 풀 눕히며 달려왔다.
항파두리성을 지나도
외침 이제 들리지 않는다.
억센 장정들의 콧김 바람에 실려
바람 갈피 피 묻은 손 불쑥불쑥 내민다.
울음소리 들리지 않는
울음의 섬.
눈물 고여 돌팍 구멍 내고
통곡 안으로 뭉쳐 동굴 이룬
침묵의 섬.
넋두리 바다로 가 파도 거친
일렁이는 섬.
그래, 대신 울어주마
소리 죽인 채 허리 비트는
바다처럼 얼핏 울고
새벽 잠결에 길게 울었다.
너무 울어서 얼굴 부운 바람
혼은 어디 있고, 역사는 뭐냐

해질 무렵 일출봉에 와
벽 얇은 여인숙에서
이불 쓰고 소리 죽여 울었다.
섬에는 우는 것들이 많아
갈매기나 억새도 울고
바람결 원혼도 울고
외지 사람들도 밤새 운 게 분명했다.
배를 타고 집으로 돌아오며
그 배 위에서
우는 꿈을 꾸었다.
또 잘래?

여행 2

— 태종대초록

새벽 카페리에서 내리면
목욕탕부터 먼저 찾아야 해.
낯선 곳일수록 높은 굴뚝만 보여
발가벗기는 아주 쉽다네.
동네 사람들보다 먼저 벗고
어둔 탕 속에 몸을 숨겨야지.
사내들끼리 벗고 있으면
울지 않아도 돼.
날 밝으면 태종대에 가서
바다가 절벽에 몸 비비며
왈왈 우는 꼴 보고
소주 한 잔에도 덜렁 취해
잘 생긴 바위 몇 개 골라
멋진 이름, 까짓 거
짝짝 붙어준다.
그래, 이 이름도 씻기겠지
씻어라, 바다야.
나는 갈래,

술이 깨기 전에
날 어두워지기 전에 갈래.
바다가 절벽을 곁에 두는 이유
넌 알아?
빨리 해!

여행 3

— 홍도실록

1. 맑은 날

쾌속선을 타고도 해질녘에 도착한다.
섬이 빠른 속도로 배 앞으로 다가와
몸을 슬며시 연다.
섬에 와서는 섬만 생각하며
노래해야 한다.
불을 끄고 밀린 노래 두 곡 부르고
새벽에도 가장 먼저 일어나
높은음자리로 가늘게 노래하면
옆 섬도 깨고, 건너 섬도 깨어나
그들도 슬슬 노래 따라 부르면
몸은 옥같이 맑아도
몸부림 혼자 치는 바다

2. 바람 부는 날

유람선도 고깃배도 포구에 붙잡혀 있다.

부두에 나가 소주를 마시면
비는 차갑게 와
옷깃 들추고 손 쑥 집어넣어
속살 만지네.
아서요, 아서!
아흐레만 비가 오면
아는 노래 바닥이 날 텐데
비 오는 날에는 너무 취해
무슨 노래를 불렀는지
바람처럼 쉬 잊고
섬을 떠나는 꿈만
포구에 띄운다

3. 유람선이 뜬 날

배를 타면 빙그르르
섬이 돈다. 슬슬
요동치고 쿨렁거리며

뒤도 앞도 다 보여준다.
가슴만 보실래요
굴도 보실래요
수줍어 붉어진 바위
너무 푸르러 거뭇한 나무와 풀.
유람선을 타지 말 걸
작은 배 하나 띄워
낚시 꼿꼿이 드리우고
실컷 노래할 걸

여행 4

― 흑산도기행

홍도는 노래꾼이 너
무 많아, 섬이 제 아름다움 으스대
가인 하나 오래 머무는 걸 원치 않는다.
원추리 노랑꽃도 벼랑 끝
몰래 필 뿐.
옥빛 물 너무 맑아
노래 숨길 수도 없지.
흑산도는 다리 적당히 벌리고
바람에 치마 펄럭거려도
모르는 체, 자는 체하지.
바다도 적당히 얕아
자맥질하면서 노래할 수 있다.
밤바다 곁에서 술잔을 비우고
얼른 와 방문 걸고
출렁거리는 술기운도 노래에 싣는다.
자지 마!

여행 5
— 울릉도비록

1. 첫날

발정난 바다.
멀리서 일렁일렁 보면
거친 파도 사이로
자지 쑥쑥 내미는
수컷인 섬.
포구의 밤물결 진저리치며
아랫배 흔들며 혓바닥 쏘옥 내미는
비 오는 밤.
누군들 꿈꾸고 싶지 않을까
그래, 꿈꾸다 지치면
지하수로 몸 닦고
다시 오래 꿈꾸었다

2. 둘째 날

간밤의 꿈 기운으로
진창길을 오른다.

성인봉 꼭대기에서 보는 바다
높이 오른 만큼 멀리 걸리는 수평선.
서둘러 내려와 물회 시켜놓고
바닷바람 소주병에 채워 마시기.
취한 눈으로 바다 바라보기.
갈증을 술로 식히며
취기, 꿈으로 깨기.
낯선 곳에서 할 수 있는 것은
오래 꿈꾸는 것.
꿈꾸고 난 뒤의 잠 왜 푸른가

3. 셋째 날

얼마나 꿈을 꾸었을까
꿈도 덜 깬 새벽
유람선을 탔다.
그렇다, 섬에 가면 배를 타야지
배는 그대의 자지
파도는 바다의 혀.
태풍에 허물어진 일주로와

샛노란 바람꽃 모인 마을
수컷인 울릉도는 더욱 예민해진다.
서거라, 설 수 있다면 꼿꼿이
물 좋은 이 바다 한가운데
오래 서 있거라

4. 넷째 날

비가 와도 나는 간다.
꿈꿀 만큼 꾸어
너 대신 자주 널브러졌다.
아무리 바다가 요동쳐도
이제, 그만 꿈꿀래.
뱃길이 거칠어도 파도 속에
날치 몇 마리
아직도 꼿꼿이 솟아오르더라.
가관이여,
잘 있거라 바다여
배 위에 선 채로 있었다.
잘 있거라, 수컷아

여행 6
— 계룡산등정기

공주에 가서 공주를
어디서든지 그리워할 수 있다.
의자를 타고도
바다로 나갈 수 있다.
바다가 거칠면 빠져 죽으면 되지.
바다에서 그리워하면 너무 어지러워
산으로 가자!
산은 넘어진 듯 꼿꼿해
나는 꼿꼿한 듯
넘어진 산에 있다.
갑사로 몰려온 그리운 나무들
상반신은 땅에 묻고
그리움만 보여준다.
뉘 와 내 그리움 보아줘
어디서든지 그리워하고 싶어
그리워하다 머리 먼저 묻히고 싶어
초저녁부터 그리워하면
다리부터 묻혀

나무가 되지 못한다.
언제 다시 올 수 있을까
와?

여행 7

― 오색보감

12월 산바람 차가워
몸 숨길 수 없는 곳.
겨울에도 잠 못 자는
칠점사, 독사, 꽃뱀.
아침부터 흩날리는 눈발
아니 보고 기도하기.
약수 한 사발 마시고
쩡쩡 언 바위 타 넘으며
미끄러지지 않게 몸 곧추세우기.
넘어지면 안 돼
겨울에는 산보다 더 꼿꼿해야 해
산보다 더 굳게 입 닫고
움직이기만 해.
눈이 다시 내리고
적막한 밤 오래오래 기도하며
산이 우는 소리 듣는다.
불이란 불 다 꺼진 새벽
완행버스를 타고 왔다.
잘 있거라, 뱀이여!

여행 8

— 낙산낙수

바다가 저만치 있어
아랫도리 튼튼한 솔
겨울이나 봄도 쓸쓸하지 않다.
가자마자 목욕하고
밀린 편지를 쓰면
바다가 차츰 흐려진다.
속초 포구 소라 집에 가서
낮술에 취하면
가랑비가 오고
사람들의 가랑이가 젖을 무렵
편지 쓸 생각만 한다.
갈매기도 술집 근처에서 떠돌고
졸음이 흠씬 묻어날 때
이제 그만 가자!
시내버스 차창에 걸린 바다,
철조망에 찢기는 바람 위에
이 시간을 실어 보내고
는개 속을 걸어왔다.

더운물 속에 오래 앉아
취기와 그리움도 씻고
긴 편지를 쓰고 잠들어야지.
그런 날은 언제나
바다 속에 불쑥 섬 하나
꿈속에 솟아오른다네.
봐?

밤새 낄낄거리는 시

왜 너를 버리지 못하는지
너와 함께 하느라
아내도 아들도 두고
새로 산 차도 팽개치고
마침내 북방으로 휩쓸려 왔단다.
너와 함께라면
온통 그리움뿐.
부질없이 휩쓸고 가는
변방의 바람.
강철로 된 구름 같은
내 그리움.
너는 절망할 때마다
마음 구석에 떠올라
밤새 낄낄거리는구나,
시여!

醉中禪雲

선운사 어귀
기웃기웃 몸 흔들며
코스모스
서성거리네

길을 가도
그 길에 머물고
머물러도 늘 가는
바람을 보네

취기가 되어 떠돌면 슬플까
저 나무 그늘 상사초로 피어
가늘디가는 꽃대 곧추세워
몇 생 피었다 지면 슬플까
가을벌레 되어 밤에만 노래한다면
뉘 그립다 할까

모든 그리움으로부터 떠나

슬픔의 파도 위에 배 띄우고
저 노을 바다에
붉은 이름 하나 낚아
화두로 삼는다면
禪雲으로 피어날 수 있을까

선운사 벗어나며 돌아다보니
상사초는 보이지 않고
그 코스모스
눈물 어리어 있네

사라봉, 겨울 그리고 노을

사라봉에서 찍은
사진.

겨울바람이 불고
저만치 떠나는 그대 뒷모습,
억새 물결 위로 깔리는
노래 같은 노을.

이제 그만 걷어 줘!

노을은 그대로 있고
갈 길만큼
산은 빨리
어두워질 테지.

그리움을 예다 뿌려
억새로 피게 하고
수평선 너머로

도망치고 싶어?

사라봉에서 찍은
사진을 보면
늘 이런
바람소리가 들린다.

비 오는 날의 경포대

1

창문에 바다가 걸려
파닥거린다

술잔 속에서도
출렁이는 시간

어둠만 걸리고 바다는 사라진다.
이상하다,
사라지는 것들이
왜 아름다운가

2

꿈속에도 파도가 밀려와
온몸에서 일렁인다

욕망은 파도처럼 억세고
감각은 바다 속처럼 두렵다

새벽 창문에
다시 바다가 떠오르고
생각은 갈매기처럼
떠돌다 간다

허공의 길을 응시하는 '사라짐'의 觀法

강창민의 시

유성호

(문학평론가 · 한양대 교수)

1.

강창민(姜昌民) 시인은, 우리 나이로 서른 살 되던 해인 1976년에 《현대문학》으로 등단하였다. 그렇게 시력(詩歷) 30년을 축적해온 그가 올해로 갑년(甲年)을 맞았다. 일찍이 그가 펴낸 시집 『비가 내리는 마을』(평민사, 1979)과 『물음표를 위하여』(문학과지성사, 1990) 등은 문단의 각별한 주목을 받으면서 그를 '비극적 상상력'

의 개성적 시인으로 기억하게끔 해주었다. 특히 '죽음과 외로움의 시'라고 부제를 붙였던 그의 첫 시집으로부터 일관성 있게 지속되어온 그의 이러한 시세계는, 오랫동안 그로 하여금 "그리워하는 행위를 포기하는 일이 절망보다 더 절망적이라는 사실을 잘 알고 있기 때문에 그리워하는 자신의 주관을 절대로 저버리지 않는"(이득재) 시인이라는 평가를 받게 하였다.

이처럼 강창민의 시세계는, 부재하는 대상에 대한 아득한 그리움과 그 세계를 운명적으로 승인하는 비극성 사이에서 발원하고 완성되었다고 할 수 있다. 그러한 독창적 세계가, 새로이 펴내는 신작 시집 『작은 풀꽃처럼 주저앉아』(모아드림, 2007)에서는, 편재(遍在)하는 어둠 속에서 '허공'을 깊이 응시하는 시편들로 이어지고 있다. 그래서 이번 시집은, 시인의 30년 시력을 집약하면서도, 새로운 생의 이법(理法)을 찾아나서고자 하는 새로운 그의 의지를 담고 있는 성과라 할 것이다.

　2.

이번 시집에서 강창민 시인은, 그동안 "산과 함께 나

들이도 하고,/산과 함께 걷고 뛰기도 하고,/문득 고요 속에 머물기도"(「시인의 말」) 했다면서 자신의 시편들이 사물들을 장악하거나 사물들과 격리되지 않고 그들과 나란히 공존하는 지혜 속에서 생성된 것임을 줄곧 보여준다. 그의 많은 시편들은 '어둠'에 감싸인 채 아득한 '그리움'의 목소리로 '허공'의 길을 응시한다. 이때 어둠 속에서 바라보는 '빛'은 그를 인도하고, 그 빛을 가득 담고 있는 '허공'은 그가 궁극적으로 돌아가고자 하는 '고향'이 된다. 시집 첫머리에 실려 있는 다음 시편은 그러한 세계를 명징하게 보여주고 있다.

> 이제 돌아가리라.
> 저자도 산도 아닌
> 눈부신 빛의 마을.
> 저자의 밤에 빛나는 불빛도
> 산골에 감도는 애절한 사랑도
> 산꼭대기에서 펄럭이던 슬픔도
> 그립지 않는 곳.
> 그리움이 된 이들이 돌아가
> 그리움으로 태어나는 곳.
> 바람이 처음 불어와
> 천공을 맴돌다 에돌다 돌아가는 곳.

그곳으로 떠나려면 아아,
잡것들 내 옷깃 부여잡겠지.
내 이름 불러 불러
길모퉁이마다 소금 기둥 하나씩
세워 남기고
가야지, 그냥 두고 가야지.
그리움조차 제 이름 없는 곳
시간조차 슬픔의 잔 물살 하나
일으키지 않는 곳.
다 함께 빛이 되었다가
모든 시공 다 스러지는
빛의 고향.
그도 저도 나도 다 사라져
가득히 돌아오는 허공, 내 고향
나 이제 돌아가리라

　　　　　　　　　　　—「귀향」 전문

　화자가 희구하는 '귀향(歸鄕)'의 의미는, '존재의 근원'으로 회귀하려는 형이상학적 열망을 수반한다. 가령 그가 돌아가고자 하는 "저자도 산도 아닌/눈부신 빛의 마을"은, 일체의 세속적 틈입이 허락되지 않는 근원적 공간이다. 그래서 그곳에서는 세속의 어느 것도 그립지 않게 되고, 다만 그곳은 "그리움이 된 이들이 돌아가/그리움으로 태어나는 곳"으로 존재할 뿐이다. 세속의 잡것들이 비록 화자의 귀향 의지를 가로막지만, 화자의 시선은 "시간조차 슬픔의 잔 물살 하나/일으키지 않는 곳"을 일관되게 향한다. 이처럼 시인은 "기어이 고향으로 돌아간다는 것"(「가슴을 열면 무엇?」)의 의미를 일종의 형이상학적 귀환의 의미로 각인하고 있는 것이다.

다시 한번 강조하지만 그에게 "다 함께 빛이 되었다가/모든 시공 다 스러지는/빛의 고향"은 "그도 저도 나도 다 사라져/가득히 돌아오는 허공"이다. 그 '허공'을 찬찬히 응시하면서 화자는 이제 흔연한 귀향의 의지를 피력하고 있다. "발걸음 향하는 곳,/그곳이 허공?/마음가 닿는 곳,/나도 허공?"(「겨울 햇살이 꽃으로 핀다」)이라고 노래하고 있는 것이다. 이러한 '허공'의 상상력은 시집 전체를 관통하면서 그에게 '귀향'의 상징적 의미를 부여하고 있다. "해는 서편으로 돌려보내고/비는 개울로 돌려보내고/그대가 보낸 노래/다시 그대에게 돌려보낸다"(「거울에다 쓴 편지」)에서처럼, 자신도 허공으로 귀환하고자 하는 의지를 선명하게 드러내고 있는 것이다.

내 생애는 바람이었네.

때로는 산들바람이고

자주 돌개바람이 되어

저자에도, 산에도 머물지 못하고

에돌며 맴돌며 회오리쳤다네.

이 산골 저 산골 다니며,

이 나무 가랑이

저 나무 가랑이 훑고

바위 위에 한나절 앉아

꿈꾸기도 했다네.

강 따라 흐르고

꽃송이 위에 나비처럼 맴돌며

밤마다 긴 편지 쓰기도 했다네.

나는 그저 바람.

허공에서 왔어도

허공으로 돌아가지 못하고

타향을 어지러이 떠도는 바람.

바다를 거칠게 핥고

들로 들로 맴돌다가

때로는 죽은 듯 그늘에 눕는 바람.

몇 날 며칠 달리다가

이제 대밭에서 숨 몰아쉬는
그런 바람.
그저 바람이었다네

                        — 「돌개바람의 노래」 전문

　화자는 자신의 생애가 "저자에도, 산에도 머물지 못하고/에돌며 맴돌며 회오리"쳐온 바람의 형식이었다고 고백한다. "밤마다 긴 편지"를 쓰면서 그 '바람'은 산과 나무와 강과 꽃을 맴돌며 불어왔다. 이때 화자는 자신의 기원(origin)을 "허공에서 왔어도/허공으로 돌아가지 못하고/타향을 어지러이 떠도는" 바람이라고 재차 강조한다. 이처럼 '허공'은 그의 육체적, 정신적 본향(本鄕)인 셈이다. 마찬가지로 "허공이 된 그대여,/그곳에서 날 기다려주게"(「산행 — 妙性是空」)라는 표현 역시 허공을 기원이자 궁극적 거처로 삼고 있는 그의 의지를 다시 한번 보여준다.

　일찍이 멕시코의 시인 파스(O. Paz)는 '시(詩)'의 시간을 날짜가 없는 시간이자 원초적 시간이라고 말한 바 있는데, 강창민 시인은 바람으로 살아온 자신의 강렬한 자기동일성을 통해 날짜도 없고 가장 원초적인 시의 시간을 구축하고 있는 것이다. 이러한 "나는 강을

건너가는/바람일 뿐"(「그래, 어쩌랴 ― 도강일지 1」)이
라는 시인의 고백은, "발을 뽑고 날개를 추슬러/저 하
늘 높이 날아야지/굳은 허리 부드러이 비틀어/저 겨울
하늘로/힘차게 날아야지"(「날짐승이었던 나무의 노
래」)에서처럼 날짐승의 '날개' 이미지로 '바람'의 이미
지를 변형시키는 장면으로 이어지기도 한다. 그렇게
강창민 시인은 '바람'처럼 허공을 떠돌다 허공으로 돌
아가는 자신의 운수(雲水)와도 같은 생의 형식을 고백
하고 있는 것이다.

원효가 돌아선 것은
낯선 길의 두려움 때문이 아니리라.
간밤 달빛 한 모금
달게 마시고
이른 새벽 새 길과 만나
그리로 갔을 뿐.
그 길은
당나라로 이어지지 않고,
모든 길의 끝에 있는
모르는 것
선뜻 만나
그 길에 들어섰을 뿐.

그러리라, 그 길은
세상을 등지지 않고
허공 또는 고향을 향해
혼자 열려진
빛이었으리라.
그가 깨우친 것
길을 떠나면 길이 보이고
새벽의 두려움은
그저 혼자 서 있는
달빛
그뿐이라는 것.

—「길 떠나기」 전문

　　원효(元曉) 선사의 일화를 배경으로 하여 생에서 가
장 중요로운 '길'의 의미를 천착하고 있는 시편이다.
가령 원효는 "낯선 길의 두려움 때문"이 아니라 "이른
새벽 새 길과" 만났기 때문에 당나라 유학 길을 과감하
게 포기하고 신라로 돌아왔다. 그 마음의 전환으로 인
하여 그는 "모든 길의 끝에 있는" 길을 발견한 것이다.
또한 그 길은 "세상을 등지지 않고/허공 또는 고향을
향해/혼자 열려진/빛"으로 존재를 인도하는 궁극의 길
이었다. 그 길 역시 '허공'으로 이어진, 다시 말해 고향

으로 인도하는 빛의 길인 것이다. 그렇게 그 길은 "깨우친 것"을 담은 채 "길을 떠나면 길이 보이"는 진리를 가르쳐주고 있다. 시인은 이러한 발견과 깨우침의 과정을 통해 '길 떠나기'의 미학을 완성하고 있는 것이다. 그가 행하는 "여명도 꿈꾸지 않은 채/어둠 속에 누워 어둠이 되었다가/내일이면 고향으로 돌아가/그대와 함께"(「무득가(無得歌)」) 있겠다는 다짐 역시 이러한 미학의 연장선상에서 가능한 것이다.

이처럼 시인은 "떠올랐다 사라지며/한 방울 눈물로 빛나는/작은 깨달음"(「정적 또는 고요」)으로 '허공'을 응시하면서 그곳으로 적극 귀환하고자 한다. 바람의 형식으로 길을 떠나면서 말이다. 그래서 우리는 강창민 시학을 '허공'과 '바람'과 '길'의 변증법, 곧 '바람'이 되어 '허공'의 '길'을 응시하는 이의 형상으로 요약해볼 수 있을 것이다.

3.

그런가 하면 강창민 시인은 이번 시집에서 시인으로서의 자의식(自意識)을 깊이 고백하고 있다. 곧 궁극적

자아 탐구로 남을 수밖에 없고 심미적 축약을 욕망할 수밖에 없는 '시'에 대해 적극적으로 사유하는 의식을 보여주는 것이다. 우리가 잘 알거니와, 시는 '말' 자체에 대한 탐색에 그 무게중심을 현저하게 할애하는 예술 양식이다. 그 점에서 시는 영락없는 '언어(에 대한) 예술'이다. 여기서 '시인'은 언어적 자의식으로 충만한 사람이라는 자기 규정성을 뛰어넘어, 언어를 찾아 헤매고 궁극에는 사물들 속에서 언어를 발견하고 경험하려고 하는 존재로 바뀌게 된다. 다시 말해 언어의 도구적 기능을 넘어서 언어 자체에 대한 메타적 탐색에 공을 들이는 이가 시인이라는 뜻이 된다. 강창민 시인에게 이러한 '시'의 의미는 '말'과 '기도'와 '노래'로 다양하게 변주되면서 나타난다.

> 말 속에 들어가지 않으면
> 기도가 무슨 소용 있으랴
> 강가에 홀로 떠 있는 고깃배
> 어부가 없으면 떠나지 못한다.
> 수초 속에서
> 낚시를 기다리는 은빛 물고기들
> 아침은 물살 위에 흘러가고
> 빈 배는 강둑 근처에서 서성거린다

기도 속에 들어가지 않으면
그 말이 무슨 소용 있으랴
배는 헛되이 맴돌다가
어둠 속에 묻힌다.
물 위로 걸어가는 이 보이지 않고
물 아래 그림자만 젖어 있다.
물안개 강을 덮어
저 건너편에 빛난 곳
다만 희미할 뿐

그대 안에 있지 않으면
말이나 기도가 무슨 소용 있으랴
말이나 기도 속에는
참 기쁨이 없으므로
무섭게 바람 불면 무섭고
생명줄 손끝에서 번번이 놓치리니
빈 배는 늘 비어 있고
어둠은 때맞추어 찾아올 뿐.
그대 안에 있지 않으면
배도, 어둠도 그저
풍경으로 짙어지리라

—「기도를 위한 시」 전문

'말'과 '기도(祈禱)'는 서로의 육체 속에서 비로소 자신의 존재 이유를 갖게 된다. 마치 고깃배와 어부처럼 그들은 상호의존적인 결속체인 것이다. 그처럼 '말' 속에 들어가지 못한 '기도'는 '빈 배'로 서성일 뿐이고, 마찬가지로 '기도' 속에 들어가지 않은 '말' 역시 헛되이 맴돌다가 어둠 속에 묻히는 배와 같을 뿐이다. 그러한 불구의 언어는 "하지 않을 말"(「어둠 걷기 — 도강일지 5」)이 되거나 "마음 갈피 속의 기도"(「저녁 비행」)가 되어 그 자리를 맴돌 뿐인 것이다. 그래서 "그대 안에 있지 않으면/말이나 기도가 무슨 소용 있으랴"라는 가장 궁극적인 전언(傳言)이 뒤따르게 된다. 서로의 몸을 빌리지 않은 말과 기도는 "참 기쁨"을 줄 수 없는 것이기 때문이다.

　그래서 "빈 배는 늘 비어 있고/어둠은 때맞추어 찾아올" 것이므로 시인으로서는 "그대 안에 있지 않으면/배도, 어둠도 그저/풍경으로" 남게 될 뿐임을 잘 알고 있다. 그렇게 '그대' 안에서만 궁극적 의미를 가지는 '말(기도)'의 함의야말로 '시'의 의미와 고스란히 겹치는 것이 아닌가. 말하자면 시인은 '시(노래/말/기도)'의 존재 이유가, 밤새 낄낄거리면서 시인을 떠나지 못하는 불가항력에 있음을 믿는다. 그래서 그는 "온몸으로 그리움이 되어,/그리워하는 짐승이 되어/노래하는 것"(「그리움 있어 행복하네 ― 주정 1」)이다.

> 왜 너를 버리지 못하는지
> 너와 함께 하느라
> 아내도 아들도 두고
> 새로 산 차도 팽개치고
> 마침내 북방으로 휩쓸려 왔단다.
> 너와 함께라면
> 온통 그리움뿐.
> 부질없이 휩쓸고 가는
> 변방의 바람.
> 강철로 된 구름 같은
> 내 그리움.
> 너는 절망할 때마다
> 마음 구석에 떠올라
> 밤새 낄낄거리는구나,
> 시여!
>
> ― 「밤새 낄낄거리는 시」 전문

시인은 '시'와 함께 하느라 "아내도 아들도 두고/새로 산 차도 팽개치고/마침내 북방으로 휩쓸려"왔다고 노래한다. 하지만 시와 함께 시인은 "부질없이 휩쓸고 가는/변방의 바람"을 맞는다. 이때 "강철로 된 구름 같은/내 그리움"이 바로 그의 시적 수원(水源)이 된다. 그의 학위논문이 「육사 시 연구」임에 비추어, 이 시편의 "북방으로 휩쓸려"나 "강철로 된 구름" 등의 표현은, 육사 시편 「絕頂」의 의도된 인유(引喻)일 것이다. 여기서 '시'는 "절망할 때마다/마음 구석에 떠올라/밤새 낄낄거리는" 존재로 나타나 있다.

언젠가 시인은 "내게는 시를 생각하는 것조차도 적을 생생하게 존재케 하는 것"(「뒤표지글」, 『물음표를 위하여』)라고 하였다. 그처럼 시는 그에게 절체절명의 존재 이유이다. 그래서 그는 비록 "늘 슬픈 노래가 되어/마지막 소절까지 부르지"(「허무의 잔에 따르는 술」) 못할 것이지만, 자신이 운명적으로 "긴 노래 함께 부를 수"(「시간의 강가에서」)밖에 없음을 잘 알고 있다. 또한 비록 "고운 노래는 가인의 것일 뿐"(「낯선 청산의 꽃」)이지만, 자신은 "내 생애 스러지면/귀 밝은 이, 내 노래 듣고/가만히 슬퍼"(「아침에 부르는 노래」)할 것을 믿는 시인임을 고백하고 있는 것이다.

4.

　이번 시집에서도 강창민 시편은, '슬픔'과 '그리움' 그리고 '사라짐'의 미학을 가득 담고 있다. "슬플 적에 슬픔이 되지 못하고/슬픔을 슬픔으로 만들고"(「비 오는 밤, 연변의 비」) 있는 시인은 "아직 슬픔을/꼭 쥐고"(「슬픔이 강물처럼」) 있다면서 자신이 '슬픔'의 사제(司祭)임을 적극 고백한다. 또한 "모든 그리움으로부터 떠나/슬픔의 파도 위에 배 띄우고/저 노을 바다에/붉은 이름 하나 낚아/화두로 삼는다면/禪雲으로 피어날 수 있을까"(「醉中禪雲」)라든지 "다만 그리움의 이유일 뿐"(「존재의 이유」)이라는 표현에서 자신의 삶의 의미가 "겨우내 불기 없는 우리 가슴속/차디찬 마음, 뼈 시린 외로움"(「추운 날의 노래」)과 어울려 있음을 내비친다. 이처럼 '슬픔'과 '그리움'으로 결속된 그의 시편들은, 앞에서 보아온 것처럼, 궁극적 귀향의 의지를 밝힌다. 그 귀향의 의미는 허공으로의 돌아감 곧 '사라짐'의 의미를 담고 있다 할 것이다.

　　정배리에 스스로 정배 와
　　대마처럼 키 크게 살지 못해도

작은 풀꽃처럼 주저앉아

새벽마다 행공하며

몇 생을 더 살아야 풀어낼 것들

뉘 고르고 피 뽑으며

그렇게 십 년 넘어 살았느라.

그러다 문득

눈 펄펄 내리는 날

마른 풀 가지 끝에서 풀씨 먹는

작은 산새를 보니

세상에서 잊히는 마지막 한 자락

그 아픔이 아려오데.

이 아림도 헛됨일 터인데도

이리 생생해

밤 내내 고향 생각하다

새벽에 깨어 앉았느라.

　　　　—「작은 풀꽃처럼 주저앉아 — 바람소리 1」 전문

　　지금 살고 있는 경기도 양평의 거처에서 시인은 "작은 풀꽃처럼 주저앉아/새벽마다 행공하며" 살았다고 고백한다. "몇 생을 더 살아야 풀어낼 것들"을 다듬으면서 십 년 넘게 그러한 생의 이법을 배우고 있는 것이다. 그러다가 시인은 눈 내리는 날에 "마른 풀 가지 끝에서 풀씨 먹는/작은 산새"를 보면서 마지막 한 자락의 아픔이 밀려오는 것을 느낀다. 그 통증마저도 "헛됨일 터인데도/이리 생생"하게 전해져온다면서 생의 각별한 통증을 고백한다. 그 '통증'은 언젠가는 사라지게 될 자신의 존재를 암시하면서, '사라짐'의 의미를 은은하게 각인해놓고 있다.

이처럼 시인은 사라짐으로써 생을 완성하려는 상상력을 힘겹게 보여준다. 가령 "서로 등을 돌리고/어둠 속으로 사라지지만/그대들이 무엇을 위해 사라지는지"(「기말 시험」)가 중요해지고, "이상하다,/사라지는 것들이/왜 아름다운가"(「비 오는 날의 경포대」)라는 표현을 통해 "어둠 속에 사라지면/어둠의 산 거기쯤/어둠의 나무가 되어/어둠의 눈을 쓰고"(「네가 서 있는 겨울 산 ― 바람소리 2」) 있는 자신의 모습을 감추지 않는다. 그리고 "어둠 속에서는/낮에 사라졌던 것들의/그림자가 잘 보인다."(「되돌아올 수 없는 것들을 위해 ― 바람소리 4」)라면서 "사라지는 이 즐거움"(사라지는 즐거움을 위해)을 적극 옹호한다. 그 즐거움으로 그는 "흔적도 소리도 없이/봄날 가듯 가야지"(「4월, 봄날은 간다」)라고 노래하는 것이다.

우리는 살아가는 과정에서 몇 차례씩 매우 절실하고

도 선명한 존재 확인의 순간을 만난다. 그것을 일러 우리는 '운명'이나 '섭리' 같은 불가피한 이름으로 부른다. 그 '운명'의 순간에서 사람들은 삶의 비의(秘義)랄까 숨겨진 뜻이랄까 하는 것들을 직관하게 되고 어떤 정신적 고양을 경험하게 된다. 때로 그것은 존재 갱신의 활력으로 작용하기도 하지만 암담하고도 아득한 추락의 계기가 되기도 한다. 강창민은 운명과도 같은 고통을 통해서조차 자신의 생의 형식을 완성하려 하는 시인이다. 그 완성의 과정이 시쓰기를 통해 이루어지는 것임을 달리 말해 무엇하랴.

결국 강창민 시편들은 "온 촉수를 세워/빛과 어둠과 바람의 귓속말을 듣는/나무"(「觀法 3 — 나무」)가 되어 "노래하지 마라/사람 너머로 홀로 떠나가라"(「觀法 5 — 우리들의 識」)는 노래를 부르는 풍경으로 요약될 수 있을 것이다. 새삼 그의 시편이, 새로운 생의 이법을 추스르는 보다 더 역동적인 길로 나아가게 되기를 적극 소망해본다.

우리가 보아왔거니와, 이처럼 시인 강창민은 허공의 길을 응시하면서 사라짐의 '觀法'으로 한 세상을 건너고 있는 것이다.

작은 풀꽃처럼 주저앉아

글쓴이 / 강창민
펴낸이 / 孫貞順
펴낸곳 / 모아드림

1판 1쇄 / 2007년 11월 7일

서울 서대문구 북아현3동 1-1278
전화 / 365-8111~2
팩시밀리 / 365-8110
E-mail / morebook@morebook.co.kr
http://www.morebook.co.kr
등록번호 / 제2-2264호(1996.10.24)

* 잘못된 책은 구입하신 서점에서 바꾸어 드립니다.
* 지은이와의 협의하에 인지를 붙이지 않습니다.

값 6,000원